낟알의 숨

b판시선 020

신언관 시집

낟알의 숨

도서출판 b

망설이지 않고
표정 하나 거리낌 없이
세 번째 시집을 내놓는다.
살아온 세상에 당당해지고 싶다.
그러나 아직 풀리지 않은 의문이 있다.
왜 보리밭엔 까마귀가 날아야 제 모습대로 보이는 것일까.
왜 그리움의 색깔은 보랏빛일까.
왜 강은 멈춰 서지 못할까.

2017년 겨울

| 차 례 |

제1부

달빛

달빛이 아름다운 것은
어둠을 비추기 때문이다
어렵게 구름 헤치고 드러낸
그리움의 빛내림이
어둠의 기억을 점지하여 비춘다
그 빛이 나를 붙잡고 있어
굳어진 몸이 떨리고
한참으로 여겨진 수년을 지나
달빛에 묻힌 기억은
옹이에 박힌 송진으로 굳어진다

달빛은 바다와 산맥을 가르지 않으나
누구에게나 전율의 가슴이 다른 것은
달빛의 이야기가 같을 수 없기 때문이다
저렇게 밤새 비추이다
서러움의 빛내림을 다하지 못하면
남은 사연을 전해줄 무덤을 찾다가

퇴색한 낮달로 남아 있기도 하겠지

달빛은 그대로 있어 눈부시게 비추이나
내가 다가설 수 없으니
해진 망막에 비친 이야기일 뿐이던가
구름을 헤쳐 나와
어두움을 제 빛으로 환생시키며
놓아버린 그리움으로 새벽을 맞는다

가슴에 꽃을 달고

꽃을 달지 않고는
햇빛을 받을 수 없어
지나는 도시의 골목에
향기를 뿌리며
마주친 산길 언저리에
꽃잎 하나씩 남긴다

꽃을 달지 않고는
탐욕의 그늘을 벗어날 수 없어
살아온 벼랑의 끝에서
향기를 뿌리며
반복되는 일상의 허깨비에
꽃잎 하나씩 남긴다

꽃을 달지 않고는
샛별로 달려갈 수 없어
훤히 보이는 서쪽 하늘에

향기를 뿌리며

예측할 수 없는 확신을 붙잡고

꽃잎 하나씩 남긴다

트랙터의 꿈

나에겐
부채상환이 다 끝난
낡은 트랙터가 있다
갑오농민의 죽창 끝에 날 선
물러설 수 없는 트랙터 발동소리
지금 살고 있는 이곳에서 사흘
트랙터 로더로 슬쩍만 건드려도
그곳 담벼락은 쉬 무너질 텐데

'내 죽어 후대만이라도'
갑오농민들 새 세상이 오는 줄 알았다
그해로부터 123년
촛불은 타오른다
'내 아들 딸 다시 이곳에서
분노의 촛불을 들지 않기 위해'
촛불은 짚동가리 불타오르듯
몇 날 며칠 분노를 태운다

죽창 뒤에 촛불 뒤에 감춰진
매캐한 권력의 진저리 나는 토악질
트랙터에 쟁기를 달고
빼앗긴 꿈 되찾기 위해
아스팔트를 달린다
이 또한 굴레의 반복에서 못 벗어나
훗날 또다시 부끄러운 광장으로 갈지라도
그래도 멈출 수 없다

들불이어라 강물이어라

가냘픈 바람에 쉬 흔들리며
흘린 눈물이 불꽃으로 타오른다
희미한 불빛에 몸 맡기며
버려진 손들이 들불 되어 타오른다

잃을 수 없는 기억에 더욱 분노하며
땀의 소원이 불꽃으로 타오른다
한 방울 새벽이슬에 목마름 적시며
하찮은 흙의 온기가 강물 되어 흐른다

누구나 서 있는 광장에서
서로의 다른 생각을 외면한 채
손의 부끄러움을 씻고
흙의 오물을 털어낼 수 있다면

차마 돌릴 수 없는 발길을 동여매고
함성의 들불에 숯덩이 되도록 불태우며

울분의 강물에 한줄기 눈물을 쏟고
어딘가 날아갈 티끌 되어 떠난다

새벽에

지금쯤 상현달은 저쯤에서 떠
두건으로 감춘 채 빈 들 비추고
마른 풀숲 두더지 굴속까지 다 비추고
달빛 한 움큼 남겨
그대 잠자는 머리맡을 비출까

혹여 잠 못 자는 나처럼
시린 달빛이라도 안으려
터덜 걸음으로 문 밖을 서성댈지도 모르지
그러다 억새풀 두어 개 꺾어
코에 문지르며 웃음 만들지도 모르지

달빛의 노랫소리 들리나요
그럼요, 그대 입술까지 보이는데요
놀란 너구리 도랑 내달려 논으로
엉뚱하게 숨는 모습도 보이나요
그럼요, 그대 가슴까지 훤히 보이는데요

잡은 손 놓아버린 발걸음
힘겹게 한두 걸음 강변으로 가다보니
백발을 재촉하는 새벽이슬에 다 젖었네
강 건너 촘촘히 내려앉는 달빛 따라
그대에게 가고 싶다

산신山神

그런 것은 없다
그럴 수도 없다
이 거대한 담론은 생각만으로도
수천 년 전부터 불온으로 낙인 되어
땅 밑으로 묻혀
나무와 나무들
제각기 그곳에서 뿌리와 뿌리를 얽어가며
누累대를 견디어 내면서
말 못하는 혼으로 떠돌다
이슬 속에 갇힌 신화가 되었다

없다, 있을 수 없다
그럼에도 눈 부리려 찾는 까닭은
울창한 산 속을 헤집어
뒤엉킨 나무뿌리의 확인만으로 부족하다
없다, 없을 수밖에 없다
산신의 실체를 인정하는 것은

산을 가슴에 품을 수 있다는 믿음을
스스로 포기해야 하는 서글픔이다

오래된 선언문의 빛바랜 종이에 박혀 있는
확신 없는 믿음으로
그 믿음만큼 허황되지 않았던 바람들이
위안으로 제당^{祭堂}을 세워가며
기원과 통곡으로 산신을 받들어
가슴에 담아두었을 따름이다

사투思鬪

뒷산 오리나무와 굴참나무
제 몸의 색깔과 크기를 맞대며
서로 어르다 한낮이 지나고
뒷밭 모과와 유자
왜 그리 울퉁불퉁하냐 하면서
서로 힐난하다 달빛마저 묻히고

눕지 못한 채
서서 잠든 새벽잠
세상 뒤엎을 넘쳐나는 기운과
당장 강줄기 바꿀 수 있는 기세로
서로의 다름을 확인하는 우월한 시절이
새벽 잠깐의 잠 속에 멈춰 있고

너무 큰 것은 보이지 않아
언뜻 스친 바람의 흔적을 찾아
어둠의 산 넘는 구름의 형체를 탓하고

지나친 시간이 오래도록 머문 뒤
조화造化는 그렇게 혼란의 끝으로
한가로이 다가오는 줄 알지 못했기에

피어나지 않는 향香 없고
꺼지지 않는 화톳불도 없으며
그치지 않는 울음도 없으니
지금 양손에 움켜쥔 것은

밭둑에 앉아

손으로 만져지는 물방울들
밭둑에 앉아
한입 가득 들이쉬면
그제야 붉어진 얼굴 가라앉는다
된서리 맞아 말라버린
빛 없는 형체만 남은 풀잎의 평온
앞산의 붉은 차일이
그림자 길게 밀어오면
그제야 옷에 붙은 검불 털어낸다

이 나이쯤 되었으면
바람 불고 비 오는 일
어지간해서는 얼굴 붉히지 않아야
벌써 세 잎이나 커버린
보리 싹에게 부끄럽지 않을 텐데

그렇게 숨 몇 모금 들이쉬니

안개는 쉬이 걷히고
뒷산 중턱 매 한 마리 난다
찾는 것 보이지 않는지
더 높이 솟아오르며
온 산과 들 다 내려다보이도록
편서풍 기류를 타고 날아오른다
제 모습 감출 때까지

옛 방앗간

육십삼 년 전의 흙벽돌과 수수깡이 간간이 긴 숨 몰아쉰다.
이따금 흐느낄 때도 있다. 천장에 해이은 수수깡이 운 것을
알려면 모과가 익어갈 때쯤, 상강霜降으로 가는 오리실의 바람이
불어오면, 다음날 소나무 서까래에 남은 자국을 보면 된다.
대들보에 먹으로 단정히 쓰인 선명한 글씨 壇紀四千貳百八拾
六年癸巳參月九日 단기사천이백팔십육년계사삼월구일

이 집 생겨난 날이로군. 내년부터 생일날 술 한 잔 떡 한
접시 올려야겠군. 그럼 안 되는데 참말로 잊고 있었군. 이 늙어
허물어진 몸뚱이가 쌀 방앗간이었다는 유일한 증거, 석유엔진
방아가 속없이 껍데기만 드러누워 있다. 나 태어나기도 전,
서른세 살 때 지었는데 그러다 정미소 생겨나 그만두고, 이젠
알피씨 미곡종합처리장이 생겨나 고을의 정미소도 사라져 버렸
지만, 노쇠한 살갗의 검버섯처럼 된 흙벽돌 속 작두로 썬 볏짚이
구두蒭草 못말 세는 소리처럼 선명하다. 가마니에 쌀 채워지는
소리, 하나는 가서 둘이요 둘은 가서 셋이요. 아직도 창窓이
벽돌과 벽돌 이어 붙인 흙에, 색 바랜 수수깡대궁에서 들려온다.
적송 기둥에 손을 얹는다. 체온 잃은 얼굴처럼 차갑다

분노를 잃은 땅

수초에 부딪치는 밑바닥 강물을 보고
버려진 늦가을 볏짚의 비 냄새를 맡으며
까마귀의 다하지 못한 울음소리를 듣고
싹 터오는 보리밭의 서풍을 보내며
그렇게 숨어 있는 오랜 이야기를 나눈다

이미 분간할 수 없는 어둠 한가운데 서서
점령군으로 닥친 태풍의 비바람 맞으며
본디 제 모습을 찾은 빈 들판에 서 있는 나는
벼 잎이 가른 양 팔뚝의 상처를 문지르며
누구도 거들떠보지 않는 곡식의 오랜 이야기를 전한다

때때로 형상을 바꾸는 바람 탄 구름으로
보이는 것 어느 하나 내 것이라 품을 수 없으니
엎친 낟알의 마지막 한 톨 숨을 거둘 때까지
허공을 날아다니는 소리와 소리들을 끌어당기며
잃어버린 분노의 땅을 이야기한다

고^故 노금노 동지를 보내며

비바람이 몰아치네요
몸을 지탱할 수 없어요
그간 우리네 살아온 것처럼
그렇게 광풍이 지나갑니다

이제 형도 떠나고 없군요
그 많은 눈물과
그 많은 분노를
어찌 버리고 가시렵니까

진주에서 육회비빔밥 먹던 일 기억하시나요
낙원상가 옆 다락방 사무실에서
세상을 조롱하고 호통치며
민중의 역사를 이끌었던 그곳도 기억하시지요
들불처럼 타오르던 그 열정을
어찌 주체하지 못했던
형의 입담이 어렴풋이 남아 있네요

비바람이 몰아치네요
수십 년 흘렀건만 그치질 않아요
몸을 지탱할 수 없군요
수십 년 전이나 지금이나

훨훨 날아 훨훨 날아
훨훨 더 넓게 날아가시렵니까
그래서 함평만 돌머리 바다로
유택幽宅을 삼아 달라 수첩에 적으셨나요

이제 떠나세요
눈물과 분노 모두 버리고
이제 떠나세요
나는 왼편 가슴팍 주먹만 한 쇳덩이
하나 더 매달고 갑니다
비바람 몰아치는 곳으로 갑니다

—2012. 8. 30. 함평 농협 장례식장에서

31

낟알의 숨

일만칠천 년 전에도 있었다
바다와 대륙을 건너
바람과 구름을 타고
혹성 어디라도 퍼져나갔으리라
움터 자란 그 시작이
한반도 미호강가 어디쯤이었을까

그곳에 살던 종족이
숨소리 듣지 못했다면
인류의 번식은 멈췄을지도 모른다
숨에서 힘을 얻고
숨에서 지혜를 빌려 왔다
강가 모래톱에 부딪치는 물소리와
풀꽃의 향기에 겹쳐진
움트는 낟알의 숨이
지금 헐떡이는 나의 숨소리인데

숨 터오는 소리가

천벌의 끝에 다가서고 있다

일만칠천 년 전부터

양손으로 떠받들어 빌었던 낟알이

맥없는 병든 몸으로 변해가고 있다

땅

돌아보면 뒷산이 바라다보이고
강물이 휘돌아 남서쪽으로 내닫는 곳
걱정이 앞선 지청구소리 그득한 유미들
그곳에 내 살아있음을 증거하기 위해
남길 수 있는 삶의 표지로
이제야 땅을 품고 능골을 바라본다

이룰 수 있는 것이 이뿐이던가
하늘에 맞닿아 있는 꿈이던가

물오리 떼도 감히 어쩌지 못하는
범람의 강도 침범하지 못했던
그곳에 또 하나의 울타리를 만들어
내 기력이 다할 때까지
비록 잠깐일지언정
나의 인장印章을 새겨둔다

할아버지가 그렇게 했고
아버지가 그랬던 것처럼

제2부

하늘말나리 꽃

외진 산기슭
그늘진 돌 틈
하늘말나리 꽃 홀로 피었습니다

바람 불면
오래전 쓰러진 나무 등걸에 기대고
천지사방 어둠에는
계곡 물소리 노래 삼아
하늘 향해
한여름 향기 품고
꽃잎을 곧추세웠습니다

가는 대궁이 힘겹게
숨소리에도 흔들리며 서있습니다
이따금 세찬 골바람 몰아쳐도
꽃잎만은 하늘을 놓지 않고 있습니다

이곳을 떠날 수 없습니다
아직 꽃을 피워야 합니다
기다려야 할 몫 남아 있습니다

용산단龍山壇에서

왕성한 대나무 뿌리가
거름진 숲을 땅속으로 뻗치다 못해
뒷산 중턱까지 솟구쳐 오른다
숙였던 고개를 드니
쌀밥덩이 구름이 앞산으로 내려앉는다
그때도 갑옷을 숨겨 놓았을
앞산의 어딘가에서 지금처럼
수리가 튀어 올라 압록으로 날아갔으리라

단 아랫돌 화강암에 비친
신시申時의 햇빛이 가리키는 곳
수많은 홍수 때마다
수많은 배를 묶어 지켜냈던
선주산이 천년의 태胎를 지켰으리라

뒷산 비래산에서 활시위가 날아간다
능산龍山은 말고삐를 채어 내달아

대황강을 건너 화장산까지 바람 속으로 달려
화살보다 앞서 다다를 때까지
얼마나 많이 저 대황강을 건넜으랴
진즉 용산단에 묻힌 태의 뜨거움이
평산 땅 기러기 떼의 셋째 왼쪽 날개를 겨냥했을 것이다

눈 감고 허리 굽힌 채
천지의 사방을 향해 제를 올리니
단 아래 덕양사 신배홍복申裵洪卜 네 기둥에서
도이장가悼二將歌 노랫소리 들려오누나

* 용산단: 전남 곡성에 있는 후고구려 신숭겸 장군의 태묘
* 능산: 신숭겸의 어릴 적 이름
* 신배홍복: 의형제를 맺은 후고구려의 개국공신 신숭겸, 배현경, 홍유, 복지겸

신도이장가 新悼二將歌

슬프도다
두 장수의 다른 슬픔이어라
살아 꿈을 이루지 못한 슬픔이요
지워져 묻혀버린 슬픔이어라

공산公山 전투에서 처절하게 패해
왕을 대신해 목을 잘린 장수는
충절의 표상으로 수급이 황금으로 만들어져
천 년 지나도록 그 이름이 칭송되고 있다

공산전투에서 왕건의 군사는 포위되었고
왕은 평복으로 변장하여 도주하였고
후고구려 장수의 목을 베고 승리한 후백제의 장수는
무덤조차 이름조차 찾을 수 없다

슬픈 기억이 어디 이뿐이랴
기록의 잣대는 눈으로 보이지 않지만

두 장수 모두 당대 최고의 장수였거늘
이에 두 장수 모두를 애도하노라

달이원 達二圓

내 성姓은 달達
본디 이름은 오원이어야 했다

아픈 다리 절뚝이며 지팡이 끌고
거무산 자락 덜미고개 너머
멀리 보일 듯한 거기 주막거리까지
이런 걸음으론 한나절에도 어림없겠다
전쟁 끝나고 타처로 한 갑자甲子 떠돌다
태어난 곳으로 가보련다

그때도 붉은 산이
젊은 아랫배까지 붉게 물들였겠지
이보게 주모, 어떻게 안 되겠나
지금 봉창에 이원밖에 없다네

그렇게 낙엽 지는 밤이 지나고
주모는 솜이불에 나를 싸매서

그 아비를 찾아왔고

호적에 달이원이 올랐다

나이

광화문 네거리 동상 앞에서 성공회 이우송 신부님을 만나
커피보다는 같은 값에 막걸리가 좋아 함께 대포 한잔 걸쳤는데
세상 돌아가는 이야기 끝에 나온 신부님의 놀라운 말을 옮겨본
다

　내세울 게 많은 양반들은
　정승 판서 승지 감사 판윤
　이런 벼슬 갖고 싸우지만
　내세울 게 없는 상놈들은
　나이가 벼슬이다
　일단 만나면 통성명을 한 후
　나는 을미생, 너는 갑오생 하며
　맞서 싸울 게 이거 말고는 없다
　한 순배 잔이 돌면
　사연 없는 민초가 어디 있으랴만
　속였느니 안 속였느니 목청 높아져
　호패 민증 까보자 서로 어른다

나도 처음 만난 신부님과 통성명을 한 후

을미생 동갑인 것을 알았고

그러나 민증은 꺼내지 않았다

지진

땅이 학질을 견디다 못해
오한으로 흔들리는
짧지 않은 시간
손에 잡히는 모든 것들
반사의 회오리에 땅이 요동친다

그럴 수 없을 거란 땅이
광분으로 흔들릴 수 있다는 것
그 무서운 전율
어느 먼 나라의 이야기로만 알았을
반도의 사람들

산 사람보다 많은
무덤 속 혼령들까지
참았던 숨을 뱉어내며 가슴을 쓸어내린다
웅성거리는 말과 말들이 이어지고
있는 그대로 자연을 바라보지 않았던

군림하는 시간의 역행을 탄식한다

그리 멀지 않은 옛날이었던가
반도의 양 끝
백두에서 한라까지 화염 내뿜던
우리에겐 기록조차 알 수 없던
그때도 지금처럼 자연의 땅 그대로였던가

땅이 흔들린다
나약한 자의 오만함을 비웃으며
제 몸을 스스로 가르는
더는 안으로만 삭일 수 없는
땅과 인간이 함께 겪는 토악질

배반의 윤리

학습은 경험에서 비롯된다
호수의 경계를 감추고 있는
짙은 는개 속에
제 모습과 생각 또한 감추고 있다

콩 심으라 하면
팥 심어야 씨 값이라도 건지고
비 온다 하면
물 대어야 하고
송아지 입식하라 대출해주면
서둘러 쇠전에 내다 팔아야 하고
가만히 있으라 하면
뛰어내려야 하고

열심히 일해야 잘산다고 하면
투기할 줄 알아야 하고
정직해야 성공한다 하면

자신과 남 속이는 일 밥 먹듯 해야
그나마 빈축을 면하고
노예가 된 민족의 해방을 위해 몸 바쳐야
후대에라도 번영과 복이 있을 거라 하면
배반의 영달로 살아야 한다
봉사와 헌신이 미덕이라 외칠수록
천박한 이기심의 가면을 몇 겹
둘러써야 존경받는다

나는 바담풍해도 너희는 바람풍해라
권세와 재물의 혀 짧은 가르침이
그 속내를 까뒤집어 살펴봐도 알기 어려운
수많은 탐욕의 속임수에 파묻히고 있다

학습은 경험으로부터 시작된다
는개에 갇힌 올바르다는 가치의 기준
는개에 파묻힌 잘산다는 홍보용 전시의 기준

대관절 기준의 배반은 어디서 찾아야 하는가
강물은 어떻게 흘러야 올바르다 평가받고
산비둘기는 어떻게 살아야 잘산다고 인정받을까

저 넓은 호수를 감추고 있는 는개처럼
금세 사라질 사실 앞에서
이제는 진실이 아닌 것들이
사실처럼 사실로서 익숙하다

불암산의 밤

지금 흘리는 눈물은
날 선 비장함 때문도 아니요
한 뼘 앞을 내다볼 수 없는
앞날의 기대 때문도 아니다

소망을 잉태한
불암산의 젖가슴이 부풀어 올라
창백한 바윗결로 몸이 흔들린다
암자의 불빛이 희미하게 비춰오고
어둠이 몸의 윤곽을 뚜렷이 드러내놓으면
하늘에서 몇 개 남은
별빛이 내려앉고
그렇게 다져진 결의는 바위가 된다

떠나는 걸음 잠시 멈추고
속내까지 뒤돌아보라고
북두칠성이 무겁게 내려앉는다

출신

오백 년 전, 15대조 할아버지
충북 청주에 터 잡아 여태 살아 왔으니
나는 청주 출신이다

일천 년 전, 후삼국시대
33대조 장절공 시조
전남 곡성에 태실이 있으니
나의 출신은 곡성이 확실하다

윗대조 어느 할아버지
강원도 홍천에 뼈를 묻었으니
내 출신은 홍천일 수도
또한 윗대조 할아버지 어느 한 분
평산에 살았다 하니
혹시 황해도는 아닐는지

자네 고향이 어딘가

그 대답에 사상은 가다밥 되고
그 대답에 품성은 판박이 되어
눈 작고 광대뼈 튀어나온 것도
성질 급하고 술 잘하는 것도
역마살에 떠돌고 소리 잘하는 것도
출세하여 벼슬하는 것도 출신이란다

한 뼘도 안 되는 반도의 땅
자네 출신은 어딘가

팔월의 달빛

태풍 지난 팔월의 달빛이

한낮의 뜨거움과 바람으로 지친

꽃잎과 꽃잎 사이

줄기와 줄기 가운데로

더는 내리지 못하고 멈춰 서서

잃어버린 왕국 장수의 눈빛으로

한 걸음 앞으로 다가가지 못한 채

어둠 속에 갇혀 있구나

낟알 2

비 온 뒤
아침 햇빛과 서풍이 좋다
그대가 좋다

점점 비어져가는
들판이 상큼하다
그대 향이 상큼하다

입동으로 가는
산과 강이 예쁘다
그대가 예쁘다

엇배기 2

팔이 저려오고
입이 말라가는
서툰 몸짓으로
욕심의 흉내를 낸다

침 뱉을 시가 없고
분 냄새 나는 여인의 장터가 없고
피의 광장도 없다
나는 엇배기다

숱한 밤 뒤척이며
시대의 아픔은 이불로 뒤집어씌우고
흐려진 초점 가다듬으며
달빛의 통곡은 어둠에 묻는다

한숨조차 잊었는가
두 다리를 어떻게든 바로 세우려

이제는 늘어진 힘줄에 기대어
욕심의 흉내를 내본다

뒷산의 매

무언가 찾을 것이 있는 듯
높은 매가 뒷산 북극성 주변을 맴돈다
서두름 없이 의젓하게 여유로운 원을 따라
구름그림자가 산을 떠받친다

산보다 높이 떠서
땅의 분노가 미치지 않도록
이제까지 갖춰진 제 모습 그대로
서풍의 인연 따라 날개를 펼친다

설레임으로 감잎이 흔들린다
가볍게 경련이 이는 손으로
가슴을 감싸던 앞날의 기대를 품고
날카로운 눈빛으로 하늘을 올려다본다

찾을 것을 바랄 때도
찾은 것을 놓치지 않으려 할 때도

조바심에 발 구르며 허둥대는

심장 얇은 나는 뒷산 보고 팔 들어 절한다

제3부

살이 굳어간다

살이 굳어지는 것은
세상의 분노 때문일까

바늘로도 찌를 수 없는
굳은살이 군데군데 자란다
잘라내고 후벼 파도
살이 굳어가는 것을 막지 못한다
산신이 가르쳐준 비법대로
치성을 드려도 효험이 없다

욕망의 심장이 부풀어 오를수록
살은 굳어져만 가고
겹겹이 쌓이고 쌓인 메마른 눈물이
굽은 팔을 내려다본다

살이 굳어지는 것은
세상의 분노를 잃었기 때문일까

장두치藏頭雉

해가 갈수록

귀 생김새가 변해간다

들을 소리만 듣는다

* 장두치: 머리를 감추는 꿩

패牌

범람의 물줄기가 만들어 놓은
강변 밭이 한 치 간격으로 흔들린다
시월 안개구름 속 헤집고 날아든
검은 날개와 날개, 그 날개들 위의 아침 해

소리까지 검다
한 떼의 무리라서 더욱 검다
북극성 바라보며 패牌처럼 들고 선
삽자루 위에도 검은 소리 얹혀 있다

홀로 있음에 저를 속이는
탐욕으로 엉킨 손가락 사이로
날개와 날개들의 거친 바람 몰아온다
고개 돌려 되돌아설 수 없다

보리는 오월의 이삭을 품기 위해
까마귀를 맞이할 수밖에 없으리라

까마귀는 검은빛의 제 모습 찾기 위해
새싹을 움트게 할 수밖에 없으리라

한 무리의 까마귀 떼
가을비처럼 한바탕 휘젓고 날아간다
보리밭을 깨워 요동치게 하는
검은 날개와 날개, 그 날개들 위의 외로움

산길

보부상의 길이든
나그네의 길이든
전사의 길이든
산길은 변하지 않았다

맥문동 산뜻한 산길이어도
낙엽 묻히는 눈 속 산길이어도
홍수에 쓸려간 계곡의 산길이라도
산길은 그대로 남아 있다

지금 걷는 발자국은
수많은 지난 것들과 다르지 않은데
그럴 때마다 독한 뜻을 두지만
그대로의 산길일 뿐이다

결국 그렇게
산길은 버려진 무덤이 쌓여

표지를 남긴다

한철

이슬을 먹으니
아침햇살이 맑게 비추네
오늘이 그날일세
갈바람 정기를 배에 가득 부풀리고
포기포기 뛰어 넘어
이삭과 이삭을 동아줄 삼아
배필을 찾아 나선다
외홍잽이로 이삭 아래 벼 대궁 밑으로 돌아
쓰러질 듯 앵금뛰기로 잠자리 꼬리까지 날랐다가
다래치기로 사방을 두리번거린다

서리 올 날 멀지 않아
한철의 끝 다가오는데
살랑거리는 바랭이 풀 위 사모관대
아침햇살을 받아 더욱 빛나네
등에 업었으나 터럭일세
덩실덩실 금불초 초례청으로 뛰어 나니

한낮이 훌쩍 가버리고
붉은 저녁바람이 날개를 흔드네

천공

동네 앞 개천은 젖으로 흐르고
소 돼지에게 쌀을 먹이며
새들도 먹다 지친 과일은 버려지고
채소가 밭에서 썩어가는
이곳은 빚더미의 땅

거짓의 위문 박수소리 끊이지 않아
병든 역사가 죽은 아이를 출산하고
포화의 폭음을 베고 낮잠을 자면서
땀의 폐기물이 하찮게 밟혀지는
이곳은 응그릉가도록 굳어진 땅

이 땅에 발 딛고 서서
대를 이은 맞장의 다리에 힘을 받쳐
바람의 저항에 숨죽이고
불어갈 바람의 방향 바라보며
이곳에서 천공을 찾는다

해몽

뱃사공 노 젓는 노랫소리
순풍이 불어 강물은 고요한데
포구에 닿을 즈음
용솟음치며 뛰어오른 잉어가
뱃전으로 달려드네
배는 뒤집혀
나는 또 다른 잉어가 되어
물속에서 잉어와 노닐며
그렇게 한 삼 년을 살았던가

첫 무서리

논둑 쇠비름 무서리에
이른 햇빛이 꽂혀 있어
벼가 다 여물었네

들판 한가운데 서서 사방 둘러보면
부끄러운 것이 하나도 없네

손 흔들며 맞이할
그 손으로 무서리를 감싸쥔다
산뜻한 추위가 마냥 좋다

돌아와
마을 한가운데 서서 사방 둘러보면
부끄러운 것이 너무 많네

시를 쓴다는 것

새벽이슬 스침에도
살갗 쓰라리고
초저녁 별빛 황홀하여
눈 못 감고 기절한다

부싯돌 부딪쳐내는 순간의
불꽃에 시가 있다 했는가

굳이 남겨
대지를 거추장스럽게 하지 말아야 한다는
무력한 위안으로 속이고

입동 지난 배추 고갱이 안듯
반 쭈그렁 서리태라도 거둬야 하듯

석화石火도 어쨌든 남겨진 빛 아니던가

달무리

몇 날 며칠 이 산 저 산 날아

밤하늘만 바라보았지

하늘 복판에 보름달 달무리 뜨면

내 님이 노래하며 온다 했지

대문 빗장 열어두고 툇마루에 누워

여치 우는 소리에 잠 깨어

뜰팡에 신발 벗어던지고 달려가니

구름 걷히고

아픈 세월만 남아 있네

9월 결명자 꽃

입술을 내민다
여인의 울음소리 들린다
당고개가 흔들린다
밭 귀퉁이 버려진 곳
무성한 도꼬마리 풀숲에
쉰 살에 철이 든 사내가
오줌 누고 간 자리
그 위를 까치 떼 한 무리 날아가더니
그제야 꽃이 피었다

별과 이슬과 바람이 보인다

버려진 무덤

지게에 송장을 얹고
산내끼로 동여 묶어
산꼭대기 짊어지고 와서
곡소리 산 아래 굴멍 마을까지 울리도록
혼과 백이 가는 길 바르게 터주고
자손번성 부귀영화는 아니더라도
입에 곡기 끊이지 않도록 빌며
곡괭이로 돌덩이 헤쳐내어
석 자 광중 파서 고이 모시고
정성스레 봉분 올렸을
그때부터 백 년도 안 되어
이제는 제절을 떠받친 돌멩이의
흉측한 윤곽만이 남아
저절로 낙엽에 덮히고 잡목이 자라
이승에서의 고단한 자취로 남긴
버려진 무덤

나 또한 다르지 않을 터인데

새벽안개

강을 감추고
산을,
마을과 나무를 감추고
길을, 사람을 감춘다
가을새벽
웃음을 감추고
청춘을 감춘다

안개 덮인 강둑에서
따뜻한 햇살을 맞고 싶다

제4부

벼꽃

표현을 잃어버린
노을빛 그대

골짜기 비구름 아래
감춰진 아픔

벼잎 스치는 빗소리에
떨리는 몸

소리 내어 울 수 없는
벼꽃의 노래

그래도 하늘은 푸르다

수수이삭 익어 가는데

호박도 제빛 찾아가고
고추는 더욱 붉어져
동부까지 여물어지는데

지금 이 가을
가슴은 텅 비었네

그래도 하늘은 푸르다

여치와 메뚜기

자신들의 조상이 여치였다고
믿는 나라의 사람들과
자신들의 조상이 메뚜기였다고
동상을 세운 나라의 사람들이
여치는 메뚜기가 불온한 족속이라
메뚜기는 여치가 방종한 족속이라
말싸움의 끄트머리까지 와서는
어느 행성의 바다 건너 한쪽 머리
개울을 경계삼아 금 그어놓고
별로 먹을거리도 없는 앙상한 풀숲에서
결국 패싸움이 벌어졌으니
여치나라는 자신 몸체보다 긴 수염을 뽐내며
메뚜기나라는 자기 머리보다 큰 입을 자랑거리로
서로의 날개를 찢고
서로의 다리를 부러뜨리고
여치는 메뚜기 머리를 들이받고
메뚜기는 여치의 배를 물어뜯으며

여전히 그칠 줄 모르는데

이제는 한여름 가을 다 지나고
들판에 찬 서리 곧 오거늘

강은 흐른다

강이 소리쳐 울부짖고 있다
산골짜기에서 논밭에서
작은 도랑들이 한꺼번에 강으로 모여들었다
오랫동안 쌓이고 쌓인
강바닥 오물을 파헤치며 쓸어내린다
숨 막히게 고요한 강줄기는
강변의 끝까지 차고 넘쳐
새롭게 길을 만들어 나간다
모퉁이를 치고 나가
뻘밭을 만들기도 하고
소용돌이 깊은 함정을 파놓기도 하면서
버드나무 가지 위에 매달아 놓은
지난겨울의 생각까지도
황톳물에 파묻어 버리면서
강이 흘러가야 할
그 물줄기 만들어내기 위해
이따금

강은 소리쳐 울부짖는다

약속

바다에서
한동안 숨죽였던
발원의 소리 튀어나와
마을에 비를 내리고
뒷산을 넘어 산맥으로
외침이 메아리 되어
산천을 붉게 물들인다

바다에서
오랫동안 감춰졌던
여인의 젖가슴이 솟아올라
네 허약한 가슴에
묵은 눈물을 뿌리고
기다림의 빈 약속이 되어
두 눈을 붉게 물들인다

가을 한가운데

무게 가늠 못 할
묵직한 쇳덩이
두개골 속에
강물 한켠 돌섬처럼
자리 잡은 지 오래건만

강변 따라 오는 안개바람
흐름의 형체를 감추고
한때 가득 찼던 가슴으로
두 팔 벌려
깊이 안아줄 가을이건만

하도 그리워
고개 들 엄두도 못 내고
풀숲에 털썩 주저앉아
바랭이 풀에 손바닥 생채기지도록
놓지 않으려 움켜쥐건만

한낮의 여치

맥 놓은 수염이 처져 있고
날카로운 아가리를 벌린 채
가쁜 숨 몰아쉬며
마른 풀잎에 기대어
한낮의 염천炎天 머리에 이고
마땅히 떠날 곳 없이
아사餓死의 몸짓으로
발버둥 친다

이별처럼

아기고라니에게 묻다

보리 파종 늦을세라
달빛 별빛 한 점 없는 밤
늦도록 벼 베고 돌아오는 길
마중 나온 아기고라니
나에게 길을 묻는다
맑은 가슴 지켜낼 길 어디냐고
모른다 했더니
그럴 줄 알았다는 고갯짓하며
뚝 아래 강변 억새 숲으로 가네

가다 멈추면 그만인 것을
난 도망가기 바쁘다

홍엽紅葉

태생이 그런지
사는 모습이 그래서인지
선홍빛 고운 단풍나무보다
누렇고 칙칙한 떡갈나무 단풍이
정겹고 친근하다
설악산 내장산 단풍보다
뒷동산 잡목 홍엽이
보기에 편하고 부담스럽지 않다

태생이 그런지
사는 것이 우중충해서 그런지
단풍 서린 가지에 침 뱉어도
누가 볼까 두리번거리지 않아도 되고
떨어진 홍엽 비벼 밟아도
아프지 않아서 좋다

역시 태생이 그런지

어울려 사는 사람들도 그래서인지

쉽고 낮은 것에

맘 갈 수밖에

치리

수면을 차고
강물의 반동을 거꾸로 되치며
소용돌이 아랑곳없이
물살 빠르도록 더욱 대차게
앞으로 튀어 오르는
양옆 지느러미의 힘찬 비상

하나가 아니다
둘이 아니다
무리지은 광장의 소리처럼
갈라지는 물줄기의 파열음

한낮 여름 해에 비친
날카로운 입술 다문 채
흩어지는 포말의 무지개
은빛 반짝이는 비늘의 눈부심
푸르되 푸르지 않고

붉되 붉지 않고
희되 희지 않은
혼인색의 눈부심
삼두근 같은 꼬리날개의 비상

하늘에 겸손해야

농사일 일 년 중
물이 가장 필요한 때
밭에 씨 뿌리고 논에 모내기 할 오뉴월
석 달 열흘, 일백일 동안
비 한 방울 안 내려
밤낮 물 품어 간신히 모 심어
우렁이 넣어 풀 잡고
우렁이가 못 잡은 풀 손으로 김매고
피사리하여
이제는 유효분얼 가지치기 끝나
웅그릉가도록 논 그뤄야 하는데
물 폭탄이 쏟아진다
벼 끝이 안 보인다
황톳물 흐르는 강이 되었다

살림살이하며 사는 집안일도
한 나라의 역사에도

이럴 때가 있다

* 응그룽가도록: 논이나 밭이 메말라 갈라지도록
* 그뤄야: 물기를 바싹 말려야

낙가산에 올라

굴참나무 숲길
바삭이는 낙엽에 닿는 발자국만이
산등성이에 인기척을 남긴다

바람을 가르며 나는 화살
과녁에 꽂히는 둔탁한 소리
말 타고 몸 뒤돌려
활시위 당기는 소서노의 후예들

구릉과 구릉을 넘어
대청호에서 불어오는 겨울바람이
용박골 포도밭 비가림 비닐을 흔들어댄다

뒤돌아서면 도시의 화려한 군상이
발가벗은 야윈 몸으로 춤추고 있다
검불처럼 쉬 사라질 많은 것들

언제까지 더 지탱해야
도로와 공장과 아파트가
우리의 우상에서 지워질 것인가
낙가산 내려오는 산비알 외길이
차츰 어두워진다

밭 매는 일

상일꾼 농군은
풀이 눈에 뵈지 않을 때
쉽게 밭을 맨다

그 다음 가는 농군은
풀이 뾰족하니 내밀기 시작할 때
서둘러 밭을 맨다

그래도 보통 농군은
풀이 작물에 해를 끼치기 전에
힘들여 밭을 맨다

못난 농군은
밭에 풀이 작물 뒤덮도록 두었다가
풀을 원망하며 돌아선다

제5부

편지 1

보이는 모든 것들
산과 들과 바다와 하늘과
찾을 수 있는 모든 것들
길과 마을과 살과 혼령까지
제 모습으로 돌아가려니
때맞춰 폭설이 쏟아집니다
분명 신명내린 축복입니다

가슴 한가운데
주먹만 한 불덩이 생겨나
온몸을 뜨겁게 달구고 있습니다
본디 빛도 형체도 아무것도 없었으나
별이 처음 태어난 불덩이처럼
그렇게 생겨났습니다
태초의 몸짓과 기쁨의 탄성으로
그렇게 타오르고 있습니다

편지 2

우리는
손을 잡고 있으면
어둠의 휴식을 만날 수 있고

우리는
머리를 맞대고 있으면
별의 창조를 들을 수 있고

우리는
가슴을 부둥켜안고 있으면
곡식의 진화를 찾을 수 있다

그리움이
온몸을 휘돌아 뻗치면
살아있는 내일의 아픔을 닦는다

편지 3

지난밤 내내
석류 알보다 더 붉은 그리움 챙겨두었다가
지금 그대에게 보냅니다
사뿐사뿐한 그대 발걸음이 보입니다
꿈결처럼
내 안의 물결이 일렁입니다
잊혀도 좋다고 생각한 말들이 필요해집니다
머뭇 혹은 서성거림
가라앉혀버린 말들이 향으로 퍼올라
그대에게 날아갑니다
햇살 좋은 날
그냥 미소가 떠어질 듯한 솔바람까지
그대에게 보냅니다

편지 4

꿈에 있다는 것조차 몰랐어요
아무런 생각도 나지 않아요
내가 살아있음을 느낄 수 있었어요
그냥 하얀 그렇게 하얀 가슴만 있었어요
몸이 산산이 사방으로 흩어졌어요
둥둥 떠다녔어요
소릴 질렀지요
탯줄 달린 아기의 울음이었어요
눈 뜨고도 보이지 않아요
움직일 수도 없어요
그냥 하얀 그렇게 하얀 가슴만 있었어요
여긴 사람 사는 곳이 아니네요
하늘, 어느 먼 또 다른 곳이겠지요

편지 5

그대 보고 싶어서
가슴이 저려옵니다
그대와 함께 있고 싶어서
숨이 막혀옵니다

그대 보드라운 살에 입 맞추면
내 입술은 놀라 굳어지지요
그대 목소리만 들어도
내 몸은 부풀어 오르지요

손잡고 산길 걷고 싶어요
어깨 나란히 바다 바라보고 싶어요
간직해야 할 소중한 것들이 너무 많아
밤하늘에 그대 이름 불러보아요

편지 6

내 가을이 부풀어
헛기침할 만큼 배부른 것은
그대의 사랑 때문입니다

내가 세상의 이력을
가을비에 흘려보낼 수 있는 것도
그대의 사랑 때문입니다

내가 새벽 삽자루를 들고
들판의 불길로 나갈 수 있는 것은
더더욱 그대의 사랑 때문입니다

내 저려오는 가슴으로
별의 슬픔을 찾을 수 있는 것은
오직 그대의 사랑 때문입니다

편지 7

눈 내리는 강변을 걷고 있어요

눈 하나하나에

그대 얼굴이 그려 있어요

걸음 발자국마다 그대 발걸음이 놓여 있네요

아직 가을일도 끝나지 않은 밭 한가운데

서리태 무더기 위에 눈이 수북하네요

휘돌아 내리는 방고모퉁이 암벽 밑

내린 눈 듬씬 품은 강물 따라

그대에게 가고 싶어요

잣고개로 더딘 걸음 걸으며

선뜻 다가온 겨울이

마음을 나누지 못해 점점 추워집니다

편지 8

매일 밤 천장에 그림을 그립니다
거꾸로 매달려
세상사람 잠든 틈에 조금씩 그려갑니다
꽃과 양산이 행성처럼 떠다니고
그대는 두 팔 내밀어
껴안을 듯 웃고 있네요

매일 밤 꿈을 꿉니다
그 꿈이 그림 되어 천장에 박힙니다
가쁜 숨 몰아쉴 때면
막힌 가슴 때문만은 아니라고 토닥거립니다
그대는 슬픈 내색을 감추고
하늘바라기 꽃이 되었네요

발 딛고 선
한 뼘 땅이 흔들립니다

편지 9

가을, 겨울, 봄, 여름
그렇게 또다시 사계절의 강이
기억을 가로질러 흘러갑니다

신새벽의 어둠을 손 흔들어 떠나보내고
어둠 속 누워있는 익숙해진 나와
지금 서있는 어색한 내가 다르지 않은데

강변 바위에 새겨져 있을 법한
약속의 징표를 찾아 두리번거리지만
흘러 사라지는 강물만이 고요합니다

하늘 보고 웃으며 노래한
그렇게 또다시 사계절의 잠깐은
여명의 빛으로 남았습니다

편지 10

본디
이별은 슬퍼야 하고
이별은 분노해야 하며
이별은 처량하고 쓸쓸해야 하며
이별은 회한의 눈물과 어울려야 하며
이별은 속죄의 기도가 되어야 하는가

기억의 파편들이 떨어져나간다
떠나지 못한 기억이 쇳물처럼 녹아내린다
허벅지를 물어뜯는 억새풀을 헤집고
회상의 구름으로 달려간다
이별을 받아먹으려고
강물은 모퉁이를 휘몰아친다
너무도 쉽게 사라진다

꽃이고 불인 언어로서의 시

황정산(시인, 문학평론가)

1. 들어가며

꽃은 특별함의 상징이다. 인간이 원래 푸른 초원과 파란 물이 흐르는 곳에 자리를 잡고 살 때 꽃이 피는 것은 아주 짧은 한순간의 기쁨이고 사건이었다. 그것은 앞으로 있을 풍성한 수확에 대한 약속이었고 가장 살기 좋은 계절이 온다는 예감이었다. 그러므로 문명의 진화 속에 이런 생각이 집단무의식으로 각인되고 꽃의 특별한 의미에 대한 원형심상이 바로 여기서 생겨났다. 그래서 지금도 특별한 일이 생기면 모두 꽃을 선물하거나 꽃으로 장식한다. 특별한 언어의 사용인 시에서 이 꽃이 즐겨 소재가 되는 것도 바로 이런 연유에서이다.

불 역시 특별함의 상징이다. 그것은 뭔가 큰 변화를 의미한다. 인류가 초원에서 평온한 삶을 살아갈 때 불이 일어난다는 것은 큰 사건이 일어남을 의미한다. 산불이 일어나거나 전쟁이 일어나거나 아니면 흥겨운 축제가 있음을 알려준다. 어느 것이거나 그것은 커다란 변화를 의미한다. 그렇기 때문에 변화를 일으키는 많은 사건들에 불이 함께한다. 역사적으로 민중봉기나 혁명이 횃불로 상징되는 것도 바로 이 때문이다.

신언관 시인의 이번 시집의 시들에서는 이 꽃과 불이 중요한 소재이고 또 시상을 이끌어가는 핵심적 모티브가 되고 있다. 하지만 이 시집의 시들에서의 꽃과 불은 이제까지 꽃과 불에 부여된 통념적 의미를 넘어서 우리의 의식을 뒤흔든다. 무엇인가로 끊임없이 전화되는 복합적이고 중층적인 이미지들은 꽃과 불에 대한 새로운 의미를 부여한다.

2. 불모의 꽃이 피는 현실

꽃이 인간에게 기쁨이고 소중하게 느껴지는 이유는 그것이 다가올 풍성한 수확을 예감하게 하기 때문이다. 신언관 시인의 시들에서도 이 꽃의 긍정적 이미지가 잘 살아나 있다. 꽃을 피우기 위한 노력과 꽃이 주는 기쁨이 우리의 삶에 활력을 줄 것이라는 기대가 그의 시편 곳곳에 드러나 있다. 다음 시가 대표적이다.

꽃을 달지 않고는
햇빛을 받을 수 없어
지나는 도시의 골목에
향기를 뿌리며
마주친 산길 언저리에
꽃잎 하나씩 남긴다

꽃을 달지 않고는
탐욕의 그늘을 벗어날 수 없어
살아온 벼랑의 끝에서
향기를 뿌리며
반복되는 일상의 허깨비에
꽃잎 하나씩 남긴다

꽃을 달지 않고는
샛별로 달려갈 수 없어
훤히 보이는 서쪽 하늘에
향기를 뿌리며
예측할 수 없는 확신을 붙잡고
꽃잎 하나씩 남긴다

　　　　　　　　　—「가슴에 꽃을 달고」 전문

가슴에 꽃을 달고 있다는 것은 명예로운 일이고 스스로 의미 있는 존재가 된다는 것을 말한다. 그런데 이 명예와 의미 있는 삶은 무엇을 말하는 것일까? 이 시가 그것을 잘 설명해 주고 있다. 1연에서의 꽃은 자연의 생명력을 의미한다. 꽃이 있어야 도시의 골목에서도 햇빛을 받으며 향기로운 삶을 영유 할 수 있다는 것이다. 꽃은 삭막한 도시에서마저도 우리가 소중한 자연의 생명력을 부여받았다는 생각을 가지게 만들어 준다. 2연에서의 꽃은 욕망을 제어하고 일상의 허무를 넘어서 게 해주는 고매한 인격을 의미한다. 그것은 "벼랑의 끝에서 /향기를 뿌리며" 사는 것이다. 삶이 주는 고통과 불행에 좌절하 지 않는 희망과 긍정의 정신이라고 할 수 있다. 3연에서의 꽃은 우리가 지향해야 할 이상을 표현하고 있다. 각박한 경쟁 사회에서도 꽃을 피우는 여유는 우리를 일상의 삶의 현장 그 너머에 있는 또 다른 가치를 생각하게 해준다.

이렇듯 이 시에서의 꽃은 우리가 지향해야 할 가치들을 상징한다. 이 가치를 가슴에 달고 항상 생활한다는 것은 자신을 돌아보고 더 나은 세상에 대한 열망을 포기하지 않는 희망을 생각하는 것이기도 하다. 또한 그것은 자연 안의 생명으로서 인간에게 부여된 사명이기도 하다. 시인이 가슴에 꽃을 달아야 하는 이유가 바로 여기에 있다.

하지만 항상 이런 꽃을 달고 살기는 힘든 일이다. 척박한 현실에서 생명과 가치를 상징하는 꽃을 피우기가 쉽지 않기 때문이다. 그 심정을 시인은 다음과 같이 표현하고 있다.

일만칠천 년 전에도 있었다

바다와 대륙을 건너

바람과 구름을 타고

혹성 어디라도 퍼져나갔으리라

움터 자란 그 시작이

한반도 미호강가 어디쯤이었을까

그곳에 살던 종족이

숨소리 듣지 못했다면

인류의 번식은 멈췄을지도 모른다

숨에서 힘을 얻고

숨에서 지혜를 빌려 왔다

강가 모래톱에 부딪치는 물소리와

풀꽃의 향기에 겹쳐진

움트는 낱알의 숨이

지금 헐떡이는 나의 숨소리인데

숨 터오는 소리가

천벌의 끝에 다가서고 있다

일만칠천 년 전부터

양손으로 떠받들어 빌었던 낟알이

맥없는 병든 몸으로 변해가고 있다

—「낟알의 숨」 전문

위 시는 꽃은 물론 그 꽃이 예감하는 풍성한 수확을 기대할
수 없는 이 땅의 현실을 비판하고 있다. 시인은 병든 벼의
낟알을 보고 한탄한다. 또한 자연이 병들어 가는 것이 자신이
병들어 가는 것처럼 안타까워하고 있고 있다. 왜냐하면 나의
모든 생명의 근원은 바로 나에게 모든 것을 제공하는 자연에서
왔기 때문이다. 시인은 그것을 "낟알의 숨이 / 지금 헐떡이는
나의 숨소리인데"라는 구절로 잘 표현하고 있다. 하지만 그
낟알이 왕성한 생명력으로 살아나 우리에게 풍요로운 미래를
보장하지 못하고 있다. "맥없는 병든 몸으로 변해가고 있다"는
것이다. 이 시집 표제작이기도 한 시는 우리의 삶이 얼마나
황폐하고 삭막한지 그래서 시인이 항상 지향하고자 하는 꽃의
세계가 얼마나 멀리 있는가를 잘 보여주고 있다. 시인이 이
시의 제목으로 시집의 표제를 삼은 것도 이 땅의 이런 현실에
대한 강렬한 문제의식 때문이리라.

동네 앞 개천은 젖으로 흐르고

소 돼지에게 쌀을 먹이며

새들도 먹다 지친 과일은 버려지고

채소가 밭에서 썩어가는
이곳은 빚더미의 땅

거짓의 위문 박수소리 끊이지 않아
병든 역사가 죽은 아이를 출산하고
포화의 폭음을 베고 낮잠을 자면서
땀의 폐기물이 하찮게 밟혀지는
이곳은 응그릉가도록 굳어진 땅

이 땅에 발 딛고 서서
대를 이은 맞장의 다리에 힘을 받쳐
바람의 저항에 숨죽이고
불어갈 바람의 방향 바라보며
이곳에서 천공을 찾는다

───「천공」 전문

위 시는 불모화되어가고 있는 이 땅의 현실을 적나라하게
표현하고 있다. "병든 역사", "죽은 아이", "포화의 폭음" 등은
지금 여기에서 일어나고 있는 모든 생명 파괴적인 폭력을
말해준다. 그것은 소중한 생명의 가치들을 일거에 폐기물로
만들어 버리고 만다. 그런데 시인은 그 원인을 바로 인간의
과도한 욕망에서 찾고 있다. "새들도 먹다 지친 과일은 버려지"

는 것은 인간의 욕망과 그것을 위한 과도한 이윤 추구 때문에 생겨난 현상이다. 그 과도함이 이 땅을 "빚더미의 땅"으로 만들고 모든 생명을 병들게 만든다. 꽃이 풍요로운 삶의 행복을 예감하지 못하게 하는 이유가 바로 여기에 있다.

하지만 그럼에도 불구하고 시인은 꽃을 포기할 수 없다.

외진 산기슭
그늘진 돌 틈
하늘말나리 꽃 홀로 피었습니다

바람 불면
오래전 쓰러진 나무 등걸에 기대고
천지사방 어둠에는
계곡 물소리 노래 삼아
하늘 향해
한여름 향기 품고
꽃잎을 곧추세웠습니다

가는 대궁이 힘겹게
숨소리에도 흔들리며 서있습니다
이따금 세찬 골바람 몰아쳐도
꽃잎만은 하늘을 놓지 않고 있습니다

이곳을 떠날 수 없습니다

아직 꽃을 피워야 합니다

기다려야 할 몫 남아 있습니다

　　　　　　　　　　—「하늘말나리 꽃」 전문

　아무리 현실이 삭막하고 황폐하더라도 꽃을 피우는 강인한 생명력은 결코 완전히 사라지지 않는다. 시인은 그것을 "하늘말나리"라는 가녀린 꽃이 그늘진 돌 틈에 홀로 피어 있는 것을 보고 깨닫는다. 아무리 "세찬 골바람 몰아쳐도" 꽃을 피워야 할 생명의 원리는 절대 포기될 수 없다는 것이다. 시인은 그것을 믿고 기다린다.

3. 다시 꽃을 피우는 불꽃이 되어

　위에서 지적한 시인의 믿음이 결코 헛된 것이 아님을 다음 시는 잘 말해준다.

입술을 내민다

여인의 울음소리 들린다

당고개가 흔들린다

밭 귀퉁이 버려진 곳
무성한 도꼬마리 풀숲에
쉰 살에 철이 든 사내가
오줌 누고 간 자리
그 위를 까치 떼 한 무리 날아가더니
그제야 꽃이 피었다

별과 이슬과 바람이 보인다
—「9월 결명자 꽃」 전문

　결명자는 봄에 꽃이 피어 가을에 열매를 맺어야 한다. 하지만
끝없이 자연을 거스르고 파괴하는 인간의 잔인함이 세상을
황폐화시키고 나무에 꽃을 피우지 못하게 만들 때가 있다.
지금 우리 사회의 욕망 과다가 그런 것을 초래하고 있다는
점을 부정할 수는 없다. 위 시의 결명자도 바로 그 이유로
꽃을 피우지 못했다. 하지만 9월이라는 아주 늦은 계절에 애써
꽃을 피우는 것을 시인은 발견한다. 그리고 그것이 가능한
이유를 시인은 "여인의 울음"으로 표현된 인간의 강렬한 소망
과 사내가 풀숲에 오줌 누는 장면과 같은 자연친화적인 삶에서
찾는다. 이런 소망과 소박한 삶이 결국은 자연의 힘을 회복하게
만든 것이다.
　그런데 이 힘은 그저 주어지는 것은 아니다. 우리의 정신과

122

육체를 타오르게 하는 실천을 통해서만 가능한 것이기도 하다.
시인은 그것을 불꽃의 이미지로 표현하고 있다.

　보이는 모든 것들
　산과 들과 바다와 하늘과
　찾을 수 있는 모든 것들
　길과 마을과 살과 혼령까지
　제 모습으로 돌아가려니
　때맞춰 폭설이 쏟아집니다
　분명 신명내린 축복입니다

　가슴 한가운데
　주먹만 한 불덩이 생겨나
　온몸을 뜨겁게 달구고 있습니다
　본디 빛도 형체도 아무것도 없었으나
　별이 처음 태어난 불덩이처럼
　그렇게 생겨났습니다
　태초의 몸짓과 기쁨의 탄성으로
　그렇게 타오르고 있습니다

　　　　　　　　　　　　—「편지 1」 전문

모든 것을 묻어버리는 폭설을 "신명내린 축복"이라고 시인이 생각하는 이유는 이러한 지움을 통해 "길과 마을과 살과 혼령까지 / 제 모습으로 돌아가"게 만드는 자연의 섭리라고 생각하기 때문이다. 이 거대한 힘을 보면서 시인은 자신의 "가슴 한가운데 / 주먹만 한 불덩이"가 생겨난 것을 느낀다. 맨 앞에서 인용한 시에서 시인은 가슴에 꽃을 달고 있었는데 이제 시인은 가슴에 불덩이를 느끼고 있다. 가슴에 꽃을 다는 것은 가슴에 불을 피우는 열정적인 실천을 통해서만 가능하기 때문이라고 시인은 생각하고 있는 것이다. 다음 시는 이러한 실천이 무슨 의미를 담고 있는가를 잘 설명해 준다.

가냘픈 바람에 쉬 흔들리며
흘린 눈물이 불꽃으로 타오른다
희미한 불빛에 몸 맡기며
버려진 손들이 들불 되어 타오른다

잃을 수 없는 기억에 더욱 분노하며
땀의 소원이 불꽃으로 타오른다
한 방울 새벽이슬에 목마름 적시며
하찮은 흙의 온기가 강물 되어 흐른다

누구나 서 있는 광장에서
서로의 다른 생각을 외면한 채

손의 부끄러움을 씻고
흙의 오물을 털어낼 수 있다면

차마 돌릴 수 없는 발길을 동여매고
함성의 들불에 숯덩이 되도록 불태우며
울분의 강물에 한줄기 눈물을 쏟고
어딘가 날아갈 티끌 되어 떠난다
　　　　　　　—「들불이어라 강물이어라」 전문

시인은 우리가 흘린 눈물이 "불꽃으로 타오"르는 기적을
생각한다. 그러한 기적이 일어날 수 있는 것은 우리의 분노와
울분이 함께하는 함성으로 강물이 되어 흐르기 때문에 가능하
다고 한다. 그럴 때 우리가 흘린 눈물은 우리의 목마름을 달래줄
새벽이슬이 되고 "하찮은 흙"이 온기를 되찾게 된다. 그렇게
되기 위해서는 "버려진 손들이" 자신의 부끄러움을 씻고 "들불
되어 타오"르는 집단적 실천을 통해서만 가능하다. 우리는
그 예를 과거 동학농민운동이나 최근 우리 사회를 변화시킨
촛불 집회를 통해 발견할 수 있다. 꽃이 꽃으로 피어나기 위해서
는 불꽃이 되어야 한다. 이 시에서 들불은 바로 세상을 변화시키
는 저항과 혁명의 상징이다.
시를 쓴다는 것은 바로 언어를 통해 이 혁명에 동참하는
일이다.

새벽이슬 스침에도
살갗 쓰라리고
초저녁 별빛 황홀하여
눈 못 감고 기절한다

부싯돌 부딪쳐내는 순간의
불꽃에 시가 있다 했는가

굳이 남겨
대지를 거추장스럽게 하지 말아야 한다는
무력한 위안으로 속이고

입동 지난 배추 고갱이 안듯
반 쭈그렁 서리태라도 거둬야 하듯

석화石火도 어쨌든 남겨진 빛 아니던가
                    ―「시를 쓴다는 것」 전문

시를 쓴다는 것은 불꽃의 언어를 만드는 것이다. 무력과
위안의 언어로 자신을 속이는 것이 아니라 세상에 "남겨진
빛"을 다시 찾기 위해 "부싯돌 부딪쳐내는 순간"을 만들어

내는 것이다. 시인이 "눈 못 감고 기절"하면서까지 이 형극의 길을 가는 것은 바로 이 때문일 것이다.

4. 맺으며

신언관 시인의 시들은 소박하면서도 힘이 있다. 이 힘은 세상을 바라보는 시인의 정직한 시선과 삶의 희망과 세상의 발전을 포기하지 않으려는 시인의 든든한 소망에서부터 온다. 아무리 현실의 가혹함이 꽃을 시들게 하고 불모의 땅으로 만들더라도 그것을 뒤엎고 바꾸려는 열정의 불꽃은 사라지지 않을 것이라고 시인은 강력하게 믿고 있다. 이 시집의 시들은 바로 그 믿음과 소망에 대한 헌사이기도 하다. 척박한 땅에서도 항상 찬란한 꽃을 피우려는 시인의 실천이 우리의 삶을 변화시키고 발전시키는 불꽃이 되고 있음을 존경의 시선으로 다시한 번 확인한다.

낟알의 숨

초판 1쇄 발행 2018년 1월 18일

지은이 신언관
펴낸이 조기조
펴낸곳 도서출판 b

등록 2006년 7월 3일 제2006-000054호
주소 08772 서울시 관악구 난곡로 288 남진빌딩 302호
전화 02-6293-7070(대) 팩시밀리 02-6293-8080
홈페이지 b-book.co.kr 이메일 bbooks@naver.com

ISBN 979-11-87036-32-6   03810

값 10,000원